新雅兒童成長故事集

書包
輕輕飛

韋婭　著

U0106290

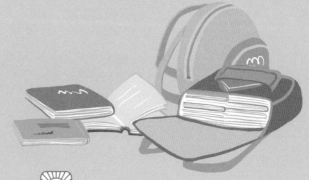

新雅文化事業有限公司
www.sunya.com.hk

新雅兒童成長故事集

書包輕輕飛

作　　者：韋婭
插　　圖：Sayatoo
策　　劃：甄艷慈
責任編輯：黃婉冰
美術設計：李成宇
出　　版：新雅文化事業有限公司
　　　　　香港英皇道 499 號北角工業大廈 18 樓
　　　　　電話：(852) 2138 7998
　　　　　傳真：(852) 2597 4003
　　　　　網址：http://www.sunya.com.hk
　　　　　電郵：marketing@sunya.com.hk
發　　行：香港聯合書刊物流有限公司
　　　　　香港新界大埔汀麗路 36 號中華商務印刷大廈 3 字樓
　　　　　電話：(852) 2150 2100
　　　　　傳真：(852) 2407 3062
　　　　　電郵：info@suplogistics.com.hk
印　　刷：中華商務彩色印刷有限公司
　　　　　香港新界大埔汀麗路 36 號
版　　次：二〇一六年七月初版
　　　　　10 9 8 7 6 5 4 3 2 / 2017

ISBN: 978-962-08-6606-7
© 2016 Sun Ya Publications (HK) Ltd.
18/F, North Point Industrial Building, 499 King's Road, Hong Kong
Published and printed in Hong Kong.

目錄

成長路上

阿濃

　　各位小朋友，你們這個人生階段，最重要的事情是什麼，你們知道嗎？

　　答案是：成長。

　　你們大概沒有看過養蠶，蠶兒在結繭之前有四次休眠，在這四次休眠之間，牠們只是不停的吃。一大筐桑葉倒下去，牠們就努力的吃吃吃，幾千條蠶兒同時吃桑葉，發出的聲音好像下大雨一般。牠們這般努力的吃，就是為了完成一個成長過程。牠們的努力使我感動，但牠們不知道牠們未來的命運卻又使我感到悲哀。

　　我參觀過雞場和鴿場，成千上萬的食用家禽困居在一個個狹小的空間裏，憑自動供應的飼料和水按日成長，到了規定的日子，被推出市場或屠宰場。

短促的無意義的生命使我為這種安排感到遺憾。更不幸的是有一種飼養方法叫填鴨，要把過量的飼料塞進牠們的喉管，人工地製造一種被吃的鮮美肉質。

電視上看過一種養鴨方法，看上去比較人道。養鴨人手持一根長竿，把一羣幼鴨從家鄉帶上路，經過一些河流和池塘，鴨子自己覓食，一天天成長。最後到了預定的目的地，牠們已經適合送進肉食市場。趕鴨人連飼料也省下，鴨的旅程比較快樂，只是結局同樣無奈。

人的成長過程完全是另一回事，成長的目標之一，是能發展為一獨立個體，能夠控制自己的生命，度過有意義的一生。這有意義的一生包括相愛、歡樂、創造和奉獻。無比的豐盛，美麗又富足。

人的成長可分為身體成長和心靈成長兩部分，兩部分同樣重要。家長、老師、政府都應該關心下一代的健康成長，供應他們最健康的食物，提供鍛

煉身體的適當設備，讓他們接受從低到高的完整教育。這是基本，不應忽略但長被忽略的卻是心靈的健康成長。我們看到有人搶購認為值得信賴的奶粉，卻沒有人搶購精神食糧的書籍。

古人已注意到心靈成長的重要，孟子的母親搬了三次家，就是想找到一處良好的環境，有利於孩子的心靈健康成長。

影響心靈成長的因素很多，首先是家庭，父母的教導和本身的行為都深深影響孩子。跟着是學校，學校的風氣，老師的薰陶，同學的表現，對兒童及青少年心靈的成長有決定性的作用。隨後是社會，政府的管治理念，公民質素，文化水平，影響着每家每戶每個個體的靈魂風貌，整體格調。

其實有一樣能兼任父母、老師、政府的教化工作，影響人類心靈至深至巨，曾經很難得，現在很普遍的物件，它就是書籍。從前有少數人出身於世

代都是讀書人的家庭，稱之為「書香世代」。如今教育普遍，圖書館林立，網上資訊豐富，要接觸書籍絕無難度。只是少年朋友的選擇能力還未足夠，他們需要有經驗的出版家和作家為他們製作有助心靈成長的書籍。

香港最專業的少年兒童出版社，新雅文化事業有限公司，擔負起這個重要的任務，有計劃的製作一個成長系列。邀請城中高質素的兒童文學作家，為他們寫書。做到故事生活化，讀來親切；觀念時代化，絕不落伍；情節動人，文字有趣。編輯部又加工打造，讓故事兼備思想啟發和語文學習功能。孩子們將會獲得一套伴隨心靈成長的好書了。

阿濃

原名朱溥生，教師，作家。曾任香港兒童文藝協會會長。五度被選為中學生最喜愛作家。曾獲香港兒童文學雙年獎，冰心兒童文學獎。香港教育學院第一屆榮譽院士。

來自西環的女孩

小玫今天醒得特別早，一看小鬧鐘，哦，早呢，還沒到點呀！

客廳裏已有母親窸窸窣窣的動靜，媽媽一定在準備早餐呢！

小玫一骨碌起身，動作輕巧地跳下牀來，穿上乾淨的校服。

「早晨，媽咪！」小玫在餐桌旁坐下，牛奶熱呼呼的，麵包烤得香香的。媽媽笑眯眯地靠過來，平時那句時常提醒的話「小玫呀，

快少少啦」，現在早已扔到一邊去了。

「早晨啊，乖女！」媽媽的聲音中充滿溫暖。「怎麼，今天我的女兒沒等鬧鐘叫就自己起來了呀，是有什麼事嗎？」

小玫笑了。誰都知道小玫是個慢性子，做什麼事，都比人慢半拍。往往你急得冒火，她卻在水中。她說起話來，永遠是慢條斯理的。與同學一起做功課時，人家都想快快地寫完拉倒，交了功課就算了事。小玫倒好，做完了功課，卻還要再來個「檢查一遍」，細細地查看過才肯交！逢到聚會，她都是最後一分鐘才出現。最要命的是吃東西，要是你與小玫一起午餐呀，哈

哈，肯定要準備一副好性子——你這兒飯碗吃得一粒米不剩了，她那兒好像還才開始動工，小勺子在飯盒撥來撥去的，那細嚼慢咽的勁兒呀，哎呀，急死人了！有一回嘉儀給大家爆料：「知道嗎，小玫吃一根薯條，要嚼三十多下！」哈哈！

結果就有人給她送花名「唐三十」了！因為小玫姓唐。頑皮的小男生還一本正經地說：「非唐三彩，乃唐三十！」笑得所有人肚子疼。

不過，你說怪不怪，唐小玫與嘉儀這兩個性格各異的小女生，坐在一起，倒成了形影不離的

好友了！

那麼現在有什麼事，讓小玫心裏牽掛呢？

哦，其實也不是什麼事，你知道，在小玫那兒，再緊張的事也不會令她風風火火的。不過今天，小玫真的惦記着一件事。

昨天在飯桌上，媽媽說：「又要到聖誕節啦，不知今年的聖誕老人會送小玫什麼禮物呢？」一句話，把小玫逗樂了。小玫說：「媽媽，小時候你總說是聖誕老人送禮物放在那隻紅靴子裏，我還真相信它是真的呢！」

媽媽故意說：「難道不是真的嗎？」

11

小玫説：「那才不呢！媽媽你還把我當小孩子呀？」

從小就收媽媽的聖誕禮物，小玫心想，其實媽媽才是真正的聖誕老人呢！忽然想，要是能在聖誕節送一份小禮物給自己的好朋友嘉儀，那該是一件令人快樂的事呢！媽媽曾説，小小的禮物往往帶出的是一種心意，營造的是一種氣氛，傳遞的是一個人的感情。嘉儀是新同桌，卻像自己的老朋友一樣。

不過，送什麼好呢？

玩具，還是文具？飾物，頭上的，還是衣物上的……

12

下課了，嘉儀與小玫一起吃午餐，飯盒裏紅紅綠綠的──紅的胡蘿蔔，綠的小青菜，幾隻魚蛋圓圓白白，伴着黃燦燦的炒雞蛋，哦，香噴噴的。兩個女孩面對面坐。

　　嘉儀忽然說：「知道嗎，下個月呀，西環就要通地鐵啦！」

「聽説了呀！」小玟漫不經心。她忽然抬起頭，問：「你怎麼關心這件事呢？」

「我以前住在西環呀！」

哦，原來如此。難怪嘉儀轉來學校，插班讀書。

「我很喜歡西環，我在那兒長大的。」嘉儀又説。

小玟不由得問：「那為什麼要搬呢？」

「我也不想搬呀，」嘉儀戚戚然。

見小玟不解，嘉儀又説：「不就是因為要發展嘛！鐵路呀，現代社區呀，什麼什麼……哼！那兒是老區，我們在那兒住了很多年，

14

尤其是我爸爸，他九歲就到了西環，一住幾十年了，你說他捨不捨得搬？那都是老街坊呀！」

「重建了，一切就變新的了……」小玫喃喃。

「那新的一定比舊的好嗎？什麼都拆，我們就失去了自己的記憶了。」嘉儀的眸子裏閃動着光亮，她好像在回憶什麼。「我家住在舊唐樓，不過，我一點也不覺得舊。」

她自豪地一笑，臉上盪漾着溫暖的快樂。

嘉儀告訴小玫，西環是一個穩定的社

15

區，因此一些連鎖店開進來，也都不敵老店，這正是街坊的情誼的體現呀！

但是，近些年來，安靜了數十年的西環忽然大翻轉，許多事物在靜靜地改變中，就拿街坊熟悉的的露天街市、食檔來説，最初被靜悄悄改成了臨時公園，而後就變成永遠的地鐵站了。

一棟棟唐樓被收購了，一些熟悉的鄰居見不着了。那高高懸掛起的大幅地產廣告，好像在不斷地告訴人們，這兒要變啦，完整的老街老巷老鄰舍，就要被取代了，就要沒有了。

嘉儀的話像發連珠炮似

地，一個勁地說。小玫在想，她真的很愛西環呢！

「老的沒有了就好嗎，就像北京，那些老城牆，四合院都沒了，就代表進步？」嘉儀一笑，笑容中帶有不屑，「那才是數典忘祖呢，我爸說的。」

「你爸爸是讀書人嗎——教師？」她問。

「不是，我爸開車，他是巴士司機。」

小玫一臉敬意。她忽然想到，什麼叫愛國呢，不用張大嘴叫口號，其實，愛國是很具體的，就是愛自己的家鄉，家人生長的地方、愛自己的鄰舍街坊，愛自己從

小長大吃着的小食品，不是嗎？這是最真
實的最貼切的感情。

「爸爸還說，近年來，隨着地鐵的開
進，新住宅的進駐，西環的穩定已漸漸地
被打破啦！」

「你們可以不搬呀！」小玫有點生氣。

「怎麼可能呢，人家大地產商來收購
呀，那叫銀彈攻擊，哈哈，也是一種強勢
政策吧，老區在更新中明顯地系統失衡，
你能不搬嗎？爸爸總是說，承載着西環
人共同回憶的地方，都漸漸地支離破
碎了……」

「我很少去西環，很想

去那兒看看呢！」小玫說。她忽然擔心起以後看不到西環的舊貌了。

嘉儀一聽，高興地一拍掌：「好啊，我們星期天去玩，好嗎？」

「好啊！我想找一間舊式的文具店——」小玫想到了聖誕禮物。

「當然有，我認得，我帶路！」嘉儀喜上眉梢。小玫心想，嘉儀真是一個很感性的人呢！

星期天的清晨，風和日麗。在約定的巴士站，小玫見到了等候已久的好朋友嘉儀。她差點沒認出對方，因為平時在學校大家穿的都是校服，現在忽然換了裝束，

直叫人眼前一亮──嘉儀穿得清清爽爽的，淡藍色的裙式上衣，深藍色緊身褲，深藍色花鞋，輕盈矯健，她跑了過來，就像一隻才飛出籠子的小鳥兒。

嘉儀迎過來，說：「呀，小玫你今天穿得好漂亮呀！」

──這話原本是自己想說的呀，怎麼從嘉儀嘴裏跑出來了！小玫差點沒有笑出來。

嘉儀也顧不着許多，拉起小玫就走，嘴裏說着：「來，我先帶你去看我以前住的地方瞧瞧去！」她細步如飛，像是去趕考似的。

　　小玫笑起來：「哎呀嘉儀，別急嘛，
我們有一整天時間哩！」

　　性急的嘉儀笑了，不好意思地連聲道：
「是呀是呀！」

　　已進入冬月了，太陽卻仍是很暖。現
在的氣候詭異得讓人摸不着季節了。一切

都在變，人變得快認不得
自己了，人們不知道自己
究竟要什麼。

　　「今天天氣真好！」小玫説。

　　「這是在歡
迎你這位遠道

而來的小客人呀！」嘉儀道。

　　兩個女孩子一路笑着，向前去。穿過長長的街，轉過彎彎的路，一排排老房子，樸實而忠厚地立在陽光下，古舊而親切。

　　一些唐樓人去樓空，一些唐樓似乎仍有人不斷出入。過了小巷，再入寬街。彎彎曲曲的，上坡下坡的，路面和海畔，公園與路徑，文具店，雜貨舖……鄉里親懷撲面而來。

　　在回家的路上，坐在車內，望着窗外向後慢慢移去的街景，小玟心緒浮動。這是我的香港啊，我的土地，你正在改變着舊有的容顏。這

24

是在捨棄中前行呢，還是在混亂中凝滯？究竟人類是在進步着呢，還是在頹敗着，毀滅着？

這真是一個複雜的話題。車窗外，所有的街燈亮起來了。一絲莫名的惶惑掠過心頭，她的眼睛有些潮濕。她覺得今天過得很有意義，她不只是逛了一趟西環舊城，而且是體悟了更多的內容⋯⋯

巴士前行着，快到家了。

書包輕輕飛

夜晚，關了燈。

很靜，窗簾上透出天外的微光。晴晴躺在牀上，心裏惦着一件事。其實，她是在懊悔今天沒敢跟媽媽提出，她想換個新書包的事兒。側耳細聽，媽媽睡了嗎，外婆睡了嗎，還有爸爸，他也睡了？

爸爸是做貿易工作的，人老實厚道，做起事來謹慎細緻，連祈求上帝的時候，說話也是一板一眼地認真，生怕漏了一滴水。晴晴喜歡爸爸，但不喜

歡爸爸與媽媽爭吵時的模樣。

　　傍晚時分，晴晴一進門，就發現家裏的氣氛不對。爸爸的笑是擠出來的，媽媽的問候是心不在焉的。儘管他們都裝作若無其事的樣子，但晴晴意識到剛才家裏是發生了爭吵，那火藥味兒猶存。

　　你看吧，她推門進來時叫了句：「哎喲，這書包太重啦！」可是，誰也沒聽清她的話。也許父母也沒有從剛才的火冒三丈中醒過來吧，晴晴這麼想。她把原本想提出換個新書包的要求，給咽了回去。

　　爸媽為什麼老要爭吵呢？

　　晴晴知道原因——爸爸是基督徒，媽

媽信的卻是佛教。晴晴也不清楚這事兒到底是怎麼回事。不就是媽媽返鄉探親了一回嗎，回到香港的時候，她就提出要在家裏設一個佛台，那怎麼可能？平時理性溫和的爸爸發火了，一副水火不相容的堅決拒絕。他們吵得很厲害，媽媽還哭了。最後不知誰先讓步的，反正達成了協議，誰也不許在家裏提及各自的神。

於是，家裏又安靜了。只有外婆在私底下對晴晴悄悄說：「相信我，真的有菩薩，有的⋯⋯！」

晴晴相信外婆，從小跟着外婆長大，外婆永遠是她心底最溫馨的依傍。

但是，耶穌基督是好人，觀世音菩薩也是好人，就像爸爸是好人，媽媽也是好人，非得只可以選其中一人嗎？他們不可以一起佑護我們嗎？

那麼，爸爸為什麼要發火呢？為什麼媽媽也不肯退讓呢？他們倆以前是多恩愛……晴晴想不明白，晴晴關心的是自己的書包──它實在太重了。

晴晴忽然想，如果誰可以讓她的書包變輕，她就信誰。

可是誰也不能……

要知道，這書包多重呀！也不知書店的老闆是怎麼想的，書

質倒是亮光光的，看上去好漂亮，可拿起來又硬又重，要知道，每一門課都有教材和功課簿，都像有千斤重呢！雖然學校有儲物櫃，但是常常要帶回家溫習呀，背來背去的好沉呀！

昨天，好朋友高雯雯告訴晴晴，說她將有一個新書包呢！是她的媽媽托人從英國去買回來的！

這下子就勾起了晴晴的念頭。

要買新書包⋯⋯晴晴不是上學期才買的一個新書包嗎？爸爸肯定會説，我們不能濫用資源，媽媽肯定會説，我們不要喜新厭舊，外婆也一定會説，要節約呀，書

讀得好，不一定因為書包新……

道理是這樣的，晴晴一定會被批評，啞口無言了。

晴晴想啊想，對了，她只是要書包輕，而不是要新書包！

於是，她對外婆講：「外婆，一個人學習好，就一定要很重的書包嗎？」

外婆先是愣了一下，然後她笑了：「我從小沒有讀過什麼書，我只知道那些有出息的人，小時候並沒有很重的書包。」

然後，外婆又開始講故事了，那些有成就的人，真能一本書倒背如流呢，誰關心什麼書包重書包輕的……

外婆那個時代的人，為什麼不需要背大書包，而如今的小朋友卻一個個都得背着個大書包上學校呢？

難道我們現在都成了機器人？

這樣一想，她「噗哧」一聲笑了出來。

媽媽推門進來，問：「你在笑什麼？」

晴晴欲言又止。

媽媽看上去心情不錯。她坐下來告訴晴晴説，媽媽與爸爸的矛盾有了轉機，因為爸爸終於肯接受她的觀點，就是説，人有不同的宗教和信仰，這沒關係，不會影響大家做一個善良和為社會貢獻的人，我們都可以做各自己喜歡的事情呀。

晴晴豁然開朗，高興極了。她是多麼希望家庭和睦啊。其實，每個人的內心都是豐富的，都會有各自的思想。晴晴喜歡媽媽，也喜歡爸爸。她喜歡讀書，但是，她不喜歡重重的書。

晴晴突然衝口而出：「媽媽，我想要一個新書包。輕的。」

晴晴眼睛盯着媽媽的嘴，生怕媽媽吐出一個堅定的「不」字。

晴晴知道，對於自己這樣的家庭來説，一個新書包的開銷，是蠻有分量的。晴晴心裏明白，爸爸一個人在外工作，他是全家唯一的經濟支柱。聰明的

媽媽非常勤勞，平時家庭的一切開支都很有節制，一切安排得有條有理。

媽媽開口問：「你的書包不是才用了不久嗎，晴晴？」

「是的，但是……」晴晴忽然有點支吾了，「但是書包很重呀！聽說太重的話小朋友會脊骨生病……」

晴晴搬出最能說明自己觀點的理由，其實這理由她已經背得滾瓜爛熟了。

「哦，是的，我昨天看到有關的資訊說，低頭打機、背過重書包寒背是兒童脊骨受損的元兇呢……」

原來，媽媽也正在關注書包過重的問

題！

「對呀！」晴晴跳起來，「不過，我很少打機呢，媽咪！」

媽媽點頭一笑：「但是，你有沒有留意坐姿、站姿、步姿，包括背書包的姿勢呢！」

「這個……」原來有諸多因素會影響小朋友的脊骨發育。那就是說，不止是書包……「高雯雯也要換新書包呢……」

晴晴覺得自己的理由有點牽強。

「是嗎，哦，我知道雯雯會有一個新書包。」

「你怎麼知道……」晴晴奇怪。

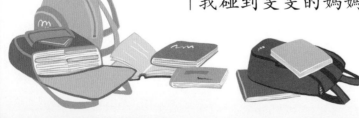

「我碰到雯雯的媽媽呀，她說雯

雯接受脊骨評估，發現她的脊骨有輕微呈S形兼有高低膊及寒背呢！」

「真的嗎？」雯雯嚇了一跳。

「是呀，檢查才發現，問題源自坐姿及背書包姿勢。」媽媽說，「所以她的媽媽很緊張呢！的確要糾正坐姿，做功課時身體要坐直，她說雯雯喜歡用手托着頭寫字呢⋯⋯」

「啊呀，我有時也這樣坐呢⋯⋯」

媽媽接口說：「那麼你以後可一定要注意啦，晴晴！」

晴晴連忙點頭。

媽媽又說：「來，讓我們來想一想，

現在要解決的重點是，如何減少書包裏面的內容⋯⋯」媽媽像一個醫生似的，一副老專家的語氣。

晴晴笑起來：「啊呀媽咪，怎麼能減少得了呢，每天都有書要帶的嘛！」

「雯雯買了新書包，雖然可能是新的輕便式的，但是，如果不解決書本太重的問題，書包仍然是很重的呀！」媽媽說。

爸爸不知什麼時候進來了，插話道：「那還不容易，你每天把應該帶的書帶上，高雯雯與你同一班，你們輪流帶不同的書，這樣不是方便嗎？一人帶一半，兩個人一起用，這不就行了？」

「這怎麼可能呢，大家都要用書，而且功課、作業簿也不能共用的呀……」晴晴笑得很大聲。

　　媽媽也笑了，告訴爸爸說：「我聽說有家長建議學校用電腦上課，以後不用帶教科書呢！」

　　「那好呀，可是，學校能同意嗎，」爸爸疑惑，「這開支多大呀，也不是每一科都做得到吧……」

「這……」一句話把媽媽問啞了。

忽然，媽媽一拍手掌說：「好啦，我們製作一個最能解決問題的新書包，一勞永逸！」她作了一個動作：「手拉車！」

「什麼手拉……車？」

原來，媽媽所指的手拉車，就是一種將小書包設計成類似行李車的拖車。哎呀，這想法可真妙呀，哦，媽媽，你真聰明！

書包輕輕飛。

上學的路上，晴晴會跑得好快好快的。

哦，晴晴真希望那個「沉重的書包」永遠消失在人們的記憶裏。

冒牌醫生

　　我有一對孖生表弟妹。

　　「孖生」是什麼意思？用書面語説，就是「雙胞胎」呀！

　　不過，我則喜歡用「孖生」這個詞兒，因為這個粵語方言詞太形象了——兩個「子」字緊挨在一起，一對雙，多有趣！「子」字，既表示「兒子」，又表示「孩子」。孖生，可以兩男，也可以兩女，又可以一男一女。喏，我這小親戚就是一雙可愛的孖生姐弟呀！

表妹叫歡歡，表弟叫樂樂。我小姨媽為了這一對小寶貝健康成長，花費了多少心血啊。而這兩個小姐弟呢，也沒讓他們的母親失望。他們緊緊跟着媽媽的指揮棒轉——從小背詩、作畫、習泳、練琴……真是「十八般武藝」，樣樣都來，樣樣都有份——好像凡什麼有趣的事物，他們的媽媽都會安排他們去學。這不，前兩天，小姨媽興奮地告訴我說，她帶着兩個小姐弟去參加了小小廚藝班——學下廚了！

　　我一聽，忍不住笑起來：「哎呀我的小姨媽呀，你要把兩個孩子培養成小超人嗎，連煮飯也學？」

小姨媽把頭一揚，開心地說：「放心，這姐弟倆能行，他們可有自己的主張了，難不倒他們，他們有理想。」

一聽「理想」二字，我就捧着肚子笑開了——我們小學時寫作文，哪個沒遇上類似的題目呢——「我的理想」！說實話，我小時候真沒什麼理想。記得那時我呆望着黑板，咬着筆桿子沒寫出一個字，連個標題也想不出。正犯愁呢，老師卻在催促了：「先想標題！」我急中生智，寫下：「我想當家長」。那個年輕的語文老師一見，捂着嘴不讓自己笑出來。

也許，我的作文題實在太不理想

了。但我那一雙小表弟妹，人家可不一樣。瞧，樂樂說，他將來想當一名「醫生」，而歡歡呢，則說要做一個為民發聲的「好律師」！

我朝他們鼓掌，翹起了大拇指。

不料小姨媽卻用揶揄的口吻說：「咦，想當醫生律師？可不能開空頭支票哦。你倆應該從現在起，就得讓自己的本領有所表現！」

本領？表現？也就是說要習武呀，有本事的，就拿出來晾晾！

可以！你以為小姐弟會退縮嗎？樂樂立即找來爸爸的白襯衣，

往自己身上一套——看上去簡直就是醫院裏的醫生長袍，然後把玩具聽診器套在脖子上，拉着歡歡的手：「姐，我給你看病。」

看來，姐姐也很樂意配合，馬上就扮演起病人的角色，皺起眉頭說：「哎喲，醫生呀，我肚子疼呀！」

醫生說：「我給你開藥，保證你藥到病除。」

病人一臉迷茫：「真的行嗎？」

醫生一拍胸脯：「是呀，我是神仙醫生呀！」

說着，樂樂鋪開一張白紙，「唰唰唰」地飛快地寫上一串誰也認不得的英

文字，往歡歡手上一交，說：

「好了，拿去，到藥房取藥——下一個！阿媽，輪到你了！」

小姨媽笑得一下子滾進沙發裏去了。

那個長大想當律師的姐姐，一張小嘴兒也真叫厲害，從來說話是「得理不饒人」的。這不，當我們的這位「神仙醫生」再次拉着她這位病人，要為她診斷病情時，小律師開始就發難了——

醫生說：「請坐。」

律師說：「為什麼要坐呢，我喜歡站着。」

醫生說：「站着，怎麼看病呀？」

律師一拍手，樂了：「咦，這說明你的醫術還不夠高明呀。」

這不分明是在用「激將法」嘛。弟弟果然上當了：「我什麼病都能看的！我懂得好多醫學知識，你坐下嘛……沒有人站着看病的，病人很累，所以要坐，這是禮貌，我講得沒錯吧……」

醫生的小臉兒漲紅了。

小律師提高了嗓門兒說：「沒聽說病人一定要坐下才能看病的！」

醫生把眼睛投向我，像是向我求救。

我笑着插嘴了：「律師呀，要講道理嘛……」

49

正鬧着，小姨媽捧着一份報紙走了進來，她兩眼緊盯着報紙，大歎道：「哎呀呀，假醫生呀！」

一句話，把在場的人都弄糊塗了。

「假醫生？」我朝樂樂望了一眼。說話的無心，聽話的有意。小表弟的臉色不好看了。「小姨媽，你說什麼？」

小姨媽揚了揚手裏的報紙：「你看看，香港大醫院，竟然發生這樣的事，一個騙子，居然騙得了一個臨時職員證，進到了醫院病房，去查房啊，看病歷啊，啊呀……」

我半信半疑地接過報紙，一看，果然。

一個富家子弟，不學無術，無所事

事之下，竟然混入醫院，在病房大搖大擺十數日，裝模作樣地向病人問診，查病歷。據說還請女護士們吃壽司作夜宵，大家還有說有笑……

匪夷所思！香港竟然也有這樣的事嗎？

小姐弟也湊過身來。

「喲，這人大學畢不了業，無法通過專業試，卻又很想當醫生。」歡歡看着報紙上的內容，「警方消息說，他自稱是金融才俊哦——你信嗎，阿媽？」歡歡抬頭問。

「『大話精』！」小

姨媽罵了一句。

「是富二代呢。」我補充道。

歡歡指着報紙下端：「看，他說的全是謊話，警方說他真正職業是個賣手機的，還有偷車、爆竊的案底呢！欠債纍纍，所謂澳洲留學，其實是在監獄內服刑⋯⋯」

真夠膽的！我暗歎一聲。

「那他扮醫生的目的是什麼呢？」樂樂插進話來。

「招搖撞騙唄！」歡歡話語尖利。

小姨媽歎息道：「有錢人家的孩子吧⋯⋯不好好讀書，卻去追求表面風光，扮什麼醫生嘛，又沒圖到什麼

實質性的好處，好在他沒混進手術室去開刀呀，哎呀呀，那動手術的話……」

我笑了起來：「如果真有那一步，這世界也就太荒唐了。」

小姨媽望了我一眼：「如今什麼荒唐事沒有呢？」

小姨媽神色憂戚。她的話倒讓我吃了一驚。聯想到近年香港發生的變化，我的心突然沉了一下。

歡歡大驚小怪地道：「哎呀，爺爺不久前還留院呢，幸虧沒碰上這類冒牌醫生啊……」

「進手術室，可沒那麼容

易。」我連連擺手，「你沒見很快就有人發覺事有蹊蹺嗎？作惡一時，卻不可能永遠得逞的。」

「我們的腦子不能太簡單……」歡歡突然冒了一句。

我奇怪，這小律師想說什麼。

「表姐，你想想，壞人只要能得逞一，就可能會得逞二，對不？」歡歡看了我一眼。

「哦……」我一時答不上來。

「那麼，它總會對人造成傷害的，是不？」小律師的話咄咄逼人。「我們不可掉以輕心……」

這小傢伙！我不由得不佩服起她

來：「的確不能心生僥幸。瞧，這事果然上了報，引起所有人關心了……」

「我不想做醫生了！」樂樂聲音異樣地說。

一回頭，見樂樂沉着臉，一副「山雨欲來風滿樓」的光景。我這才留意到，剛才大家在議論的當兒，他卻一直沒有說話。

「樂樂，你怎麼了？」我問。

樂樂冷冷道：「哼，假醫生，我……」

「是呀，」我摸了摸他的手，「假醫生，這與你有何干呀？」

「……我不想再扮醫生啦！」樂樂氣鼓鼓地嚷了一聲。

我笑道：「樂樂，此醫生非彼醫生呀！」

我和小姨媽都笑了。歡歡拍了拍弟弟的肩說：「弟弟，我們扮演醫生角色，是為了向將來的醫生職業靠攏，是求知呀；而那傢伙扮醫生，卻是在招搖撞騙，傷害他人，謀圖個人私利。這是兩件根本不同的事！」

「一語中的！」小姨媽拍手稱讚。「那騙子想做醫生，卻不去腳踏實地刻苦學習，整天想入非非，發白日夢……」

我接口道：「任何想依靠家族庇蔭、或者企圖不勞而獲而達到榮華富貴，都只會是虛度年華，令自己的人生毫無意

義。」

歡歡說：「弟弟，好好讀書，你真的
會成為一個『神仙醫生』的！」

樂樂不好意思地看了姐姐一眼：「你
呢，家姐？」

「我呀，」歡歡笑起來，「我想當一
個專門揭露『大話精』的好律師！」

哦，我的小表弟小表妹，真行！

肥肥小子

今天可把大家給逗樂了——趙嘉飛有了個新花名啦！他原先叫「咖啡貓」，今天卻被叫成「肥肥」啦。哈哈，事情還得由她媽媽說起。

那天趙嘉飛返學，平日都由菲傭姐姐送的，這一天不知怎地，換了他的媽媽。他媽媽話很多，每一句都加入一句「飛飛啊」或者「乖仔啊」，嘉飛的眼睛不住地朝四下望，生怕被周圍的人取笑，渾身不自在。而他媽媽一點也沒察覺兒子的尷尬，

她滿臉春風，笑容可掬，好像這世界上沒有什麼不開心的，她問這問那，有說有笑，兩個眼睛笑得瞇成一條線。哦，她可真像開心果！

今天是假期結束的第一天返學，很不順，母子倆趕不上校巴！作母親的就說，哎呀，這都怪自己呀，兒子別擔心哦，我

們趕的士！也巧，的士開得很快，穩穩地，沒多久就到了校門口了。媽媽擔心兒子被老師責怪，非要陪孩子入課室，說是要向老師道歉呀，得向老師解釋一下。那門衞擋着不讓進，可是她那笑瞇瞇的模樣，令那門衞左也不是，右也不是。

遠遠的，同學正列隊前去操場，這位可愛的媽媽的言語把大家逗樂了。瞧，那是咖啡貓的媽媽呀。哦，圓臉蛋，白淨淨，一笑，臉上就找不到眼睛了——一雙眼睛變成了兩條細縫。隊伍中有人吃吃笑。不知哪個搗蛋鬼叫了一聲：

「咖啡貓，不如你改花名吧，就叫乖

仔飛，哦不，就叫肥肥啦！」

很多人在笑。

本來吧，大家把趙嘉飛叫成「咖啡貓」，嘉飛也不太介意的。說起來，還是上學期的事，班上來了位新的代課老師，他站在講台前點名，不知怎地慌腔走調，把「趙家飛」叫成了「趙咖啡」。座位上立即有人吃吃笑：「哈，咖啡貓……」這花名立即生效了，許多人跟着叫。嘉飛一笑，咖啡貓圓滾滾的，很可愛呀，沒什麼不好。可此刻，忽然被叫了「肥肥」，嘉飛的臉忽地熱了一下——其實嘉飛比起媽媽來，就不算胖啦，媽媽更胖……

唉呀阿媽，你不要講這麼多話好不好！

嘉飛不開心。

放學回到家，嘉飛一屁股坐進沙發裏，把書包朝旁一扔，一聲不吭，按了一下電視，坐着一動不動。

媽媽走過來，從地上撿起書包，瞧了一眼兒子，伏身問：「乖仔，怎麼了，不舒服嗎？」說着，伸手來摸嘉飛的額頭。

嘉飛把頭一偏：「沒有不舒服呀，阿媽！」

媽媽仍覺奇怪：「別騙我了，我看到你不開心呢！」

兒子回了一句：「沒有不開心⋯⋯」他瞥了阿媽一眼，才說，「今天你送我上學，同學就給我改了一個新花名。」

「新花名？」

「是啊，有人叫我肥肥！」

媽媽忍不住「撲哧」一聲笑出來：「哈哈，肥肥呀，好好，肥肥就肥肥，肥得健康就好嘛，對不？來，乖仔，肚子餓了嗎？」說着就來拉兒子。

「還說肥得健康？連醫生都說過重啦，不記得嗎？」

「呃呃⋯⋯」阿媽像是被什麼噎了一下，她頓了頓，說，「醫生是有說⋯⋯可

是，你也不算太重嘛！」

「阿媽呀，醫生說了，過重的小朋友，長大後會增加患糖尿病、高血壓的風險嘛，還有……總之是不好。醫生還說阿媽你也要減肥才好，不是嗎？」

媽媽面有窘色：「但是，你看，阿媽並沒有像醫生說的那些毛病呀……不用擔心這麼多！否則人生有什麼快樂可言？」媽媽把手一擺，「肚子餓了吧？沒有補充能量，怎麼做功課呢，剛才買了蛋糕，想不想吃呀？」

媽媽笑着轉過身去，她忽然想起了什麼：「哎呀，我得準備晚餐囉，阿爸今晚

要返來一起吃晚飯！」

阿爸要回來吃晚飯，太好了！阿爸真是忙碌，平時家裏的餐桌上總是見不到他影子的。他經常出差，不斷地有什麼商務什麼應酬。這幾天，菲傭姐姐請假返鄉下了，所有的家務都落在阿媽身上。阿媽真是好脾氣，什麼不愉快的事兒，往她那兒一擱，就會化作烏有。笑一笑，十年少，阿媽這麼説。

哦，兒子被人叫了新花名，小事一樁，絕對不會影響阿媽的心情哦！

其實，當天下午，嘉飛已經非常生氣地跑去向班主任老師告狀了。有個瘦小的

男生，還故意走到他跟前，說「肥肥呀，
這個花名好，像你！」

　　嘉飛生氣了。他以為老師一定會與他

一樣，對頑皮同學的行為表示憤怒的。卻不料，女教師的嘴角朝兩邊微微一翹，笑起來，像是看了什麼滑稽戲。

嘉飛一時有些尷尬。只聽老師問：「嘉飛呀，以前同學叫你咖啡貓，為什麼不見你來告訴我呢？」

他一想，是呀，為什麼呢？

「是你覺得那個花名可以接受，對嗎？」老師說。

嘉飛不好意思地笑了一笑。

「咖啡貓這花名有點可愛，而肥肥呢，嗯，你覺得不太舒服了，是嗎？」女教師的牙齒很漂亮，像珍珠似地整齊排列。「記

得以前香港有位着名女藝人，大家也叫她肥肥……」

「嗯不，我……」嘉飛有些支支吾吾了。

「也許，嘉飛覺得自己不算肥，對嗎？」老師問。

他不作聲了。是啊，醫生說過自己已達到超重兒童的邊緣線啦。但是，班上像他這樣的超重兒童其實也不少哩。喏，有肥仔榮、肥仔龍、還有肥仔堅！現在卻把自己叫成什麼「肥肥」——哎呀，都怪阿媽……不過，嘉飛可不想把這層原因說給老師聽。

「對於花名，也別太往心裏去。我們減肥，不就行了？」老師一邊安慰，一邊在為嘉飛出主意了，「要多運動呀！不能除了做功課，就是吃東西，那樣的話，好難不肥的哦！」

說得有理呀！女教師的主意不錯。

嘉飛想到這裏，便跑進房間，打開衣櫃找運動衫。

阿媽在廚房裏高聲地說：「乖仔，功課多嗎，做得完嗎？」」

「還沒有做！」他應道。

嘉飛一身運動服步出房門，媽媽一見有些愕然：「飛飛你要去哪裏？」

「我想去屋邨的球場呀，剛才回來時，見到有幾個高年班的同學仔在踢球呢，很好玩耶！」

「那你的功課怎麼辦……？」

「返來再做不成嗎？」

「功課沒完成，不可以玩的！」阿媽有時候很固執。

「可是老師說……」

「老師說你的成績在班上，只是中等呀，乖仔！」愛笑的媽媽忽然有點緊張，「一會兒阿爸會回家，我們要快快樂樂地吃一餐飯呀！阿爸好忙，你乖啦，功課是好緊要的事，否則老師要責罵的！」

正說着，門鈴響起。是阿爸！嘉飛跑過去。

阿爸風塵僕僕，滿臉笑意，他的手裏捧着一束鮮花——咦，今天有什麼喜事嗎？媽媽迎了上來。

阿爸哈哈笑起來：「記得嗎，今天是我的老婆仔退休紀念日呀！」

阿媽接過鮮花，眼睛笑成了一條縫：「這日子你也記得？」阿媽的語音裏像澆滿了蜜汁，甜甜的。

阿爸工作再忙，也記得所有的重要日子。不過，「退休紀念日」聽起來很特別呀！阿爸低頭對嘉飛說：「其實你阿媽她

很辛苦呀，又要照顧家庭，又要安排生活，還要保持一個快樂的心態，好讓阿爸安心工作，這是在支持阿爸呀，你説對嗎？」

嘉飛笑着點頭。他靈機一動，説：「那麼，阿媽也應該支持我，對嗎？」

「支持你什麼……」阿爸聽不明白。

「支持我做運動呀，阿媽總是催促我做功課、做功課，或者就是吃多點吃多點，我好肥呀，她知不知道……」

阿爸快樂地笑起來。媽媽只好把剛才發生的事講了一遍。

「肥肥小子……哈哈哈，對了，是應該多做運動！」

媽媽說：「其實我們經常去行山呀！」

嘉飛辯駁：「多久才一次呢？老師說運動是要持之以恆……」

阿爸接口道：「說得是，走，我與你一起打球去。」

媽媽面有難色：「那他今天的功課……」

「把上網的時間省下來，」阿爸說着朝兒子擠擠眼，「晚上我與你一起做功課！」

哦，耶！嘉飛舉起了勝利的手勢。

73

紅石門的大白鯨

今天，想講我的爸爸。嗯，我爸與別人的爸沒什麼兩樣——耳朵，鼻子，眼睛，都長在各自的位置上。見着人，總是笑呵呵的，點頭揮手之間，透着一股忠厚踏實的老香港人模樣。我喜歡爸爸，不是因為他有什麼大能耐，而是在他身邊，你不會覺得寂寞，他會像善良而聰明的兔子那樣，把你的所有問題解答出來。你知道啦，誰不喜歡聽故事呢，我爸爸肚子裏的故事可多啦——哦，

對了，忘了告訴你，我爸爸是一個大書蟲
啊，準確地說，是一個小說迷。奇怪吧？
如今的世界，誰會見着一個大人坐在地鐵
裏，捧着一本書坐在那兒看呢，如果你看
到有個戴眼鏡的，抱着一本書在那兒津津

有味地讀的，那就是他啦！

爸爸是一個非常有趣的人，今天我想說的，是一件發生在不久前的事。那是個星期六，天氣挺好，爸爸要跟一班朋友去行山。本來，他出外總會想着我和弟弟的，但今天不同，他説同行的人，都是膀大腰粗的大小伙子，人家要體驗勇者千里的硬漢子能量，大家都説定了，誰也不帶家眷，説是要走出彩虹來哦！於是，爸爸一早就帶着水和乾糧出發了。正好，媽媽也報了一個親子煮食班，大家説定了，晚上見！

到了晚上，爸爸來電話了，你想像不出他的興奮勁

兒。「知道嗎，我們行山途中，碰見什麼事了？」

「碰見什麼事？」我好生奇怪。

我的腦子裏飛快地轉着，想着爸爸又有什麼新發現嗎？是趕路的烏龜，是新奇的野生植物，或者是——森林盜賊？一想到盜賊，我頓時有點緊張——近年香港的治安大滑坡了，會不會遇到搶劫犯？哎呀，你看爸爸説話的語氣，詭異得很哩！

「看到——大白鯨！」爸爸説。

啊，我傻眼了。

大白鯨……這不速之客？

我衝口而出：「是梅爾維爾的大白鯨

嗎？」

　　我的腦子裏迅速閃過爸爸曾説起的大白鯨的故事。那是美國作家赫爾曼·梅爾維爾的作品，書名好像就叫《白鯨記》，爸爸很肯定地説，這本書是美國最偉大的長篇小説！

　　「哈哈哈，乖兒子！你還記得啊，對呀，真是大白鯨，在香港──你信嗎？」

　　哈，我才不信呢！在那個歷險故事中，一心復仇的船長直到自己死了，也沒能殺死他的仇敵──那個叫莫比迪克的大白鯨！大白鯨就像一股巨大的神秘的誰也不可戰勝的

力量，牠怎麼可能來到香港，難道它兜兜轉轉，一百年後跑到香港來找爸爸來了？哈，講笑呢，爸爸，你又想編故事啦！

「家明，我們今天真的碰到大白鯨啦，真的，」爸爸在電話裏聲音很大，帶着明顯的興奮與激動，我彷彿看到他正在用手比劃着。「非常大，好大，巨大！」

「在哪兒？」我半信半疑。

「紅石門淺灘。」

看來，爸爸不像在編故事。

「我也想看看啊，牠跑了嗎，你們怎麼發現的，還在嗎？」我的腦子飛快地轉

着。

「不過，可惜……牠死了。」

什麼，我聽糊塗了。

「是一條又長又大的白色鯨魚，發現時，牠已沒有任何氣息，反着肚子擱淺在礁石上……已經有漁護署的人在跟進了。不過，現在天色已黑，不知道他們會怎麼處理。」

正說着，忽然爸爸嚷了一聲：「哦，水警輪來了！」

「你確信牠……死了嗎？」我繼續問。

「是的，牠一動不動——死了。」

「也許是受傷了呢？」我抱着僥倖心理。

「不像。」爸爸的語氣肯定。

我腦子裏又閃過那條身經百戰的大白鯨的形象，牠神出鬼沒，龐大無比。老船長與牠三度相遇，經過多場血戰，最終大白鯨卻是下落不明⋯⋯而復仇心切的老船長呢，卻葬身於大海之中了。唉！聽爸爸講着這段故事的時候，我內心好緊張，好害怕，我對那巨大無比的大鯨魚念念不忘，心生莫名的敬畏。

可是，牠死了——牠會死嗎，這怎麼可能？

明天一定有這個大新聞吧？

第二天一早，我就上網查詢，我發現所有的報紙、網頁，都沒有有關大白鯨的消息。這怎麼可能？

我坐在桌前，想趕快完成功課。可是，一顆心總有什麼牽掛似的，七上八下的。爸爸走過來，把手放在我的肩膀上，問：

「家明，還在想昨天的事，

大白鯨魚？」

　　我嗯了一聲，沒說話。

　　「可能報紙也沒那麼快吧。人家還來
不及處理呢，明天一定會有。」

　　我抬起頭來，問：「那大白鯨是受傷
吧，爸爸。你確定牠真的死了？」

　　「是的，牠向右傾側着，肚子半朝着
天。好大，比水警的小艇還大呢！」

　　我又想起了那位美國小說家寫的白鯨
故事。

　　我垂下頭去，喃喃道：「難怪意志堅
　　　　　　　　定的亞哈船長，最終也沒能
　　　　　　　　打過牠呢！」

「哦，孩子，你還記得那故事啊？不過，此白鯨非彼白鯨也！那大白鯨就算再威猛，也不能從 19 世紀的 50 年代，一直奮戰到現在啊！哈哈。」

爸爸笑得很大聲。

「誰不知道呢，我當然明白！」我的臉一下子熱起來，「但是，它畢竟是大白鯨，一位勇猛的大將嘛！我不想看到牠的魚屍體……」

我心裏想，那條咬掉老船長一條腿的鯨魚莫比迪克，雖然令人害怕，可是牠是我心目中的大英雄！

「知道嗎，好多年前，曾經也有過一

條五米長的鯨魚，來過香港的海域呢！」爸爸瞇起眼想了一想，「對了，是零五年的時候，是在沙頭角的亞公角咀附近的海灘被發現的，鯨屍嚴重腐爛。還有一次，是一條十米左右長的大鯨魚，聽説是因為迷了路，而誤闖香港水域，流連了好些天呢，那些日子每天都有很多人去觀賞白鯨。」

「是嗎？」我真後悔錯過了觀賞大白鯨的機會！

有消息了！果然好多報紙，都大幅報導了大白鯨擱淺香港水域的事！

原來，爸爸看到的這條大白鯨，是一條屬於鬚鯨科的魚。我把報紙攤得大大的，伏在上面逐字閱讀：

　　死去的鯨魚右胸鰭有血，頭部、身體和尾部等有多個呈「×」形的傷口，右邊胸鰭有流血及斷骨，近尾部有一個約半米乘半米的大型傷口，估計是由魚絲、魚網和繩索等造成，且佈滿泥濘，相信死因可能與人類的活動有關。由於鯨屍體積龐大，專家決定趁水退後就地進行剖屍取樣工作。

鯨屍也吸引大批傳媒到場採訪，記者不時聞到陣陣腥臭味，大量蒼蠅在屍身附近飛舞，場面壯觀！

　　我放下報紙，陷入沉思。

　　一條擊敗無數頑強人類的大白鯨，如今毫無反應地躺在海灘上，任人解剖。飛蠅纏繞，臭氣薰天。我的心底飄起一股悲憫之情——想不到，我心目中英勇無比的大白鯨，竟也會有這樣的一天，死於非命……而令我哭笑不得的是，人們竟用「場面壯觀」這樣的詞，來形容人們津津樂道的圍觀，圍觀一條不再奮戰沙場的白鯨魚大將軍！

　　唉，悲哉，大白鯨！

嗚呼，我的莫比迪克！

其實，人的命運與魚的命運，不也有相當接近的一面嗎？一些曾經叱吒風雲的人物，一些曾經如何不可一世的霸主好漢，站在死神的面前，他們不也同任何一個普通人一樣，赤條條來，空空手去？

既然每一個來這世界的人，都只是一個匆匆過客，我們為什麼不可以做得好一點，留給後世多一點善業，讓這世界有更多的光亮，讓後來的人們生活得快樂一點歡喜一點？

我又得去問我那滿肚子故事的爸爸了⋯⋯

作文課的風波

　　這間小學，跟我們所有的學校沒什麼兩樣。除了出入校門的一張張面孔，以及那身藍格子校服跟你周圍所熟悉的人們，的確不大相同之外，其他的一切，實在沒什麼特別的。每天大早，學生們就一羣羣按部就班進入校門，當上課鈴聲響起，便朝着課室魚貫而入，在老師還沒有到達課室之前，全都循規蹈矩地坐在座位上了。

　　老師照樣是春風滿面地走上講台的。

女教師姓江，戴眼鏡，明眸皓齒，開場的第一句話就是：猜猜，今天的作文題是什麼？

——原來是作文課。

班長米心心第一個舉手了：「老師，是寫春天到了吧？」

靜波也搶着說：「老師，我猜是寫新年，快樂的節日，對吧？」

臨座的飛雪向靜波耳語道：「咦，上回不是剛寫過，聖誕節嗎⋯⋯」

「節日嘛，一年有好多，是不同的！」靜波胸有成竹道。

江老師只笑不語，轉過身，在黑板上

寫上幾個大字：新學期的展望。

大家你望我，我望你，展望……？

「同學們有什麼想法嗎，嗯？請說一說吧。」江老師啟發道。

大家你一言我一語地說開了。米心心平素最愛中文課了，她開口道：「老師，其實這是跟今早壁報板上的校長留言，一個意思，對嗎？」

江老師眼睛一亮，說：「問得好啊，大家都有留意今天的壁報板嗎？」

「有啊！」課堂一片回聲。

誰沒看到呢，那標題紅紅的，多醒目

啊——新年新期待。剛過了新年，每一張臉仍帶着節日的喜色呢！校長說：我們要聽老師教導，要有禮貌，不遲到，不偷懶，保持整潔，自己收拾書包，過馬路過規則，多看課外書，愛護低年級同學……

飛雪把腦袋一歪，心想，每一個新學期的時候，校長都說過類似的話哦！可是江老師的作文要求，是什麼呢？拿校長的話重複說一次嗎，不是吧……

他扭頭四望，靜波還在啃筆頭，東東也坐在位子上，東張西望呢，哦，瞧人家米心心，已經在動筆啦——米心心就是這樣，從來不用多費腦筋，那文章就可以隨

時從筆端跑出來似的。可班上很多人仍在苦思啊，撓頭皮，翻白眼，也有人瞪着兩眼望天花板——發呆呢。

哦，作文啊作文⋯⋯

其實，寫作文並不難，按江老師說的，拿到題目後，首先想

「寫什麼」，

然後是「怎樣寫」。

江老師提醒說，不要寫流

水賬哦，要「作」文，要寫感

人的東西。

感人？怎麼才能找到它？

江老師笑着說，記着，要先感動你自己。

哇，說起來容易，做起來就難囉。否則，怎會有這麼多人怕作文課呢！飛雪用筆尖敲打着紙頁，眼睛到處望，看到好朋友東東坐在那兒，一副一籌莫展的模樣，就忍不住想笑了。

東東是插班生，剛從另一區轉來。爸爸北上工作，媽媽也去幫忙了，把東東交給了外婆照顧。東東感到不習慣，因為平素媽媽在家，什麼都幫東東安排得熨熨帖帖了，可外婆不一樣，她朝東東冷靜地望

一眼，然後說：「東東，自己的事情自己做，我和你媽媽不一樣。」把東東弄得差點眼睛掉下來，一句自辯的話也說不出來——對了，東東最怕作文了，就是很怕說話呀！媽媽打電話來的時候，他真想投訴呢，可是媽媽像什麼都知道的樣子，說，要聽外婆的話哦，按外婆要求的去做，就對啦！

唉，東東感到沮喪。

不過，細想也對，高小生啦，又不是剛從幼稚園走出來的小毛蟲！對了，這篇作文就是要寫自己要進步啦，他要成為頂天立地的小男兒，一個能幹的小學生！

可現在，寫作文，始終是棘手的活兒。

寫文章可真不容易，江老師說了好多方法，但畢竟得一個字一個字從詞語，到句子，從段落到篇章啊，哪是什麼輕而易舉的事？總不能寫幾句口號似的東西吧——外婆老是說，東東呀，寫文章不可以乾巴巴的幾行字哦。江老師說「我手寫我心」，偏偏東東沒法把心寫出來。

東東苦惱死啦！雖然在路口與飛雪分手時，還拍才胸脯說，沒問題，明天一定交，可是心裏呢，嗯，打鼓呢！

東東把作文紙鋪在桌前。外婆走過來，像看穿了他腦袋裏的空洞似的，問：「是

寫作文吧，又被難住啦？」

外婆朝他的稿紙上瞟了一眼，東東連忙用手遮住。

外婆不由得笑了：「喲，還不給看呢，想必是已經有『橋』啦？」

東東眉頭一跳，哪裏有什麼橋，連路也沒有呢！

外婆走開去，像是故意要把難題留給東東自己一樣。

東東望着窗外，老師說啦，這篇就是要我們寫自己的新打算，要有自己的願望，比如，要讓爸爸媽媽放心，要為學校爭光，諸如此類。哼，可是這些都是好多人說過

的話呀，自己拿來重複寫，這不是味同嚼蠟嗎？江老師一定會說是完全沒有新意的作文哦！

「東東，餓了吧，來，麥香雞包已叮熱了，吃了吧。」外婆說。

一聽麥香雞包，東東就樂了：「好啊。」

麥香雞包是東東的最愛，那雞肉又香又脆，與香噴噴的麵包夾在一起，中間還有幾絮脆口的蔬菜絲，放進嘴大大地咬一口——唔，那感覺，好極啦！

唉，要是寫作文也能像吃麥香雞包一樣的感覺，那就好啦！米心心寫作文會有

類似吃麥香雞包的感覺吧？你看她，好像恨不得天天都有作文課呢，得到老師的讚揚幾乎成了她的專利。據說，她天天寫日記。而靜波和飛雪呢，人家也不錯哦，從來也沒見他們遲交過一回作文呢，寫起作文來，也挺得心應手的。可是，偏偏他小東東，卻要延到明天，還是人家江老師對他的格外寬待呢。

唉，要是有誰來幫我寫一下就好了，我就送他一個大大的麥香雞包！

是哦，有誰能達成東東的願望呢，誰肯？

不知誰在東東的聊天網上，留了一句令人不舒服的「諫言」：

「功課記得自己做，唔好成日揾人幫！」（粵語，意為：不好總是找人幫忙）

哇，這句話，真是有點帶刺呢！找人幫忙嘛，有什麼大驚小怪的？

東東的心跳了。

其實，東東知道自己有理虧的地方，雖然幫人做功課的事，時有聽說。但沒聽說人家拿麥香雞包去交換嘛。你聽有人諷刺東東是偷賴哩，甚至有人說得更入骨，說這叫「賄賂」。網上的人說話不留情面。

——不是吧，東東感到很委屈。

江老師笑着請大家討論，如何看待「幫寫功課」，包括抄功課？

　　大家一聽，全樂了。人人心知肚明，或多或少，你都做過類似的事吧，為了趕

功課嘛，有時真的來不及。一時間，課堂上沸沸揚揚。

靜波說，有時候臨急找人幫忙，總可以吧？飛雪連忙點頭，還望了東東一眼。

可有人卻說，功課再急，也得自己做，否則白學。

還有人說，找人代寫與抄功課沒有兩樣哦！

忽然，一個高個子小朋友站了起來，大聲說：「我爸爸說，如果一個公職人員假公濟私，與人作利益交換的事，那就會損害香港的法制精神。」他頓了頓，繼續說，「我覺得找人做功課，以物質交換，

是相同的問題。」

哇！真令人刮目相看！很多人臉上的神色嚴肅起來，也有人不禁鼓掌。

東東感到臉一陣發熱，他悄悄地望周圍，不過，並沒有人注意他。

江老師的臉上露出了光采，她和藹地說：「同學們都談得很好啊，你們的思考，你們的參與，說明你們已經長大了，這令我非常感動。」她臉兒紅紅的，稍停了一下說，「新學期的開始，這不正是你們邁向成長的又一個階梯嗎！」

是啊，一篇作文，可以寫自己如何由

成績不好，希望更加努力，不再讓父母失望，或者寫自己如何想成為一個出色的運動員，為學校爭光，等等，所有的都可以視作新的展望，都是對自己的新的期待。

而江老師心裏是如何地感到欣慰呢，小朋友知道嗎？一道作文題引來大家深入的思考，她實實在在地看到了孩子們正邁開成長中的足跡，沉穩，而且堅實。

下課鈴聲響了，孩子們像皮球似地蹦了起來，朝門外跑去。

環保，環保！

　　珍妮剛參加了一個晚會，那是小表姐出嫁的喜宴。來來往往親戚眾多自不必說了，許多人還是珍妮頭一次見面。大人喜歡問長問短的，雖說是關心，但弄得珍妮心裏着實很不自在——要知道，人家已經是高小生了呀，你們還提那墊尿片子時代的事兒做什麼呀！還好晚宴終於結束了，現在她坐在爸爸的車裏，再轉兩個街口就到家了！

　　可是，偏偏這時，爸

爸的汽車拋錨了——車子出問題了。爸爸把車停在路旁，說，沒什麼，一會兒就好。爸爸胸有成竹，一副氣定神閒有把握的樣子。也許他摸透了這車子的老毛病。珍妮跳下車，在路邊走來走去。

正在這時，她看到一羣人，他們是喝了酒——也參加了類似喝喜酒的活動嗎？可是，說實話，在小表姐的喜宴上，並沒見人喝什麼酒，更別說醉酒了！這夥人在做什麼呀，為什麼把類似酒瓶子的東西亂扔呢？空罐頭？玻璃瓶？呼呼啪啪，好刺耳啊，尤其是這夥人粗野的叫嚷聲，多擾人，這深更半夜的！

「叮叮叮咚⋯⋯呼！」

路旁不是有垃圾箱嗎，為什麼亂扔垃圾？

「喂，不好亂扔拉圾呀！」珍妮尖聲地嚷叫了一聲。在學校，她可是風紀隊長，絕對不允許這樣的行為蔓延！

那夥人好像沒聽到⋯⋯還在笑啊──不，他們聽見了！

「誰在那兒教訓人，啊？是哪個吃飽了撐的？」黑影們搖搖晃晃──顯然，他們朝這邊走過來了。

「珍妮，上車！」

是爸爸催促的聲音。

珍妮覺得自己被爸爸猛地一下拽上了車。哎喲，這哪是拽呀，她幾乎是被爸爸挾上車的！爸爸的手勁怎麼這麼大！好反常呀，爸爸不是總是教導自己要有公德心嗎？

　　爸爸並不理會她，一踩油門，車子向前駛去。同時，他打開手機，撥了個號碼，珍妮聽見爸爸在報街名——他是在報警嗎？有那麼嚴重嗎？

　　珍妮盯着爸爸。我們明明可以勸阻對方的劣行，為什麼爸爸找什麼警察？

　　沉默。車向前駛去。

　　爸爸忽然發問：「珍

妮，你知道什麼叫『垃圾車定律』嗎？」

珍妮忽閃着眼睛。

「有那麼一些人就像垃圾車，他身上充滿了垃圾——貪婪心、掠奪心、怨恨心、邪惡心……就像一部載滿垃圾的車，到處亂撞，如果你碰到了，你是躲開的好呢，還是迎上去？」

「這……」珍妮一時語塞。

「這樣的人，當你糾正他時，他就會用千百倍的仇恨心來對付你，哪怕面對證據確鑿的事實……你還沒有這個能力應對，是不？你仍是一個孩子，而爸爸也是一個常人。在危機的時候，

113

我們只能借助於正義的社會力量，比如警察。」

珍妮好像聽明白了。但想了想，問：「那……要是警察不管呢？」

爸爸一笑：「那……就不叫公民社會了！」

珍妮放心了：「我明白了，一個社會的正義力量，非常重要！」

「是的。公民社會，靠的就是整個社會的正義之氣。這叫好氣場吧，即好的生存環境。」爸爸的笑聲爽朗，「你看，社會和諧，就有人在坐車讓位，就有人敢當眾喝止企圖偷竊的行

為，就有人為創傷者自願捐血，就有人為不平事站出來發聲……」

「我喜歡這樣的氣場，爸爸！」珍妮迫切地說。「但是，現在的垃圾人好像多起來了，我真的見到有人亂拋拉圾呀！」

「孩子，垃圾人不只是亂拋拉圾的人呀！」爸爸的聲調忽然高起來，「如果一個人在重要的崗位不盡忠職守，不也一樣與垃圾人類同嗎？」

見珍妮不解，爸爸想了想說：「我們每一個人活着，都想自己有用，不是嗎？」

珍妮點頭。

「那麼，如果有人只為個人私

利而寧肯傷害他人、甚至損害公眾利益的事，你說這樣的人，是不是有害的？」

「是的！」這回，珍妮答得很痛快。

周末過得很快。返校見到好朋友菲菲，珍妮第一句話就是：「菲菲，我又學到了新東西啦，叫作——垃圾車定律！」

「什麼——？」菲菲好奇。

「就是垃圾人！」

「啊呀珍妮，」菲菲吃吃笑：「你怎地罵人呢，什麼事呀？」

珍妮一聽，也格格地笑起來。心想，原來人與人之間，是這樣容易誤解呀，一個詞一句話，正着或反

着聽，不一樣的。看來表達真的是一門藝術呢！哦，那是誰說的，語言是一門藝術？正想開口，只聽得上課鈴響起來了，大家都朝課室疾步走去，於是說：

「我下課再告訴你呀，菲菲！」

班主任姜老師是一位說話很有魅力的人，語音抑揚頓挫，激情澎湃，他的語文課可以讓每一個人的情緒都飽飽滿滿的，跟着他上下起舞。現在他告訴大家，學校要舉辦一次「環保嘉年華」了！語音剛落，班上立即就像燒開了一鍋水，呼嚕嚕地沸騰起來。

大家都記得，在去年的綠化校

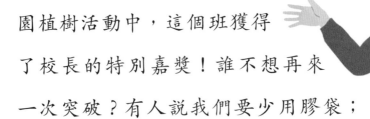

園植樹活動中，這個班獲得
了校長的特別嘉獎！誰不想再來
一次突破？有人說我們要少用膠袋；
有人提議說要少用冷氣，少開燈節
省用電；還有人說，大家都別用紙
巾，用手帕替代好嗎？哈哈，大
家樂了，這些都是耳熟能詳的做
法呀，有沒有新鮮一點的
主意──姜老師哈哈
笑。

「上學時，
多用巴士地
鐵，少

用私家車！」有人叫道。幾個經常由家人或傭工陪伴，坐私家車返學的同學，面面相覷，似乎有點不自在。

有人打斷説：「把空紙盒子壓扁，節省空間，也是環保行為呀！」

「對啊，」身旁的人馬上附和，「還有啊，沖涼時多用淋浴，少用浸浴，節約用水！」

這話馬上得到回應。不知哪個頑皮的男生，叫得很響亮：

「我連澡也不想洗啊！」

話聲一落，引來四周一片笑聲。

姜老師朝門外瞟了一眼，擺手

示意，大家明白：別太吵啦，影響隔壁班上課呀！

　　一個小個子站起來：「我提議，我班舉辦一個『無膠袋日』，怎麼樣？」

　　大家又笑了——來學校上課，本來就不會多用膠袋呀！

　　一個男生拍着桌子問：「我提議『無冷氣日』，不開冷氣，做不做得到？」

　　「已經冬天啦，誰開冷氣呀？」有人笑着反問。

　　那男生支吾了一下：「嗯，或者『關燈大行動』，教室可以不開燈。」

　　一個女生接口道：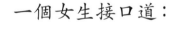

「我阿媽肯定擔心，視力會變差⋯⋯」

　　這時，只見班長說：「我提議，大家組織活動，去街道，宣傳分類垃圾的好處⋯⋯」

　　太好了，好主意！

　　記得昨天，姜老師在課堂上聲情並茂地告訴大家，現在香港的三色廢物回收桶的回收情況不佳，有人將回收桶當成垃圾桶，把用過的紙巾、牙籤、食物殘餘都扔入回收桶！好多回收物也都很骯髒，沾滿蠔油汁茄汁以及油污⋯⋯

　　一時間，大家議論紛紛。街道的回收物品不足一成，屋苑的回收情

況較好，若是街道的回收情況能改善，就好了！

姜老師故意發問：「什麼叫分類三色桶？」

大家搶着答：「藍廢紙、黃鋁罐、啡膠樽。」

趁着熱鬧，菲菲捅了一下珍妮，悄聲問：「你說的垃圾人，是怎麼回事？」

珍妮連忙把前晚遇到的事，一五一十地告訴菲菲。

菲菲想了想說，「你爸爸說得真好！垃圾分類，人也分類！物以人聚，人以羣分……」

「對呀，我們要懂得分垃圾，也懂得分垃圾人！」珍妮學着爸爸的語氣：「知識不單來自課堂，更多是來自社會，人要有理念，有公義心，更要有一雙分清是非的明亮的眼睛！」

菲菲點頭：「識別什麼是黑，什麼是白……」

抬頭間，只聽姜老師説：「就這樣決定，去街道傳遞垃圾桶的環保概念！」他作了一個習慣性的手勢。

珍妮朝菲菲互相看了一眼，高興地與大家一起拍手：耶——！

下課鈴響了。

　　一個偶然的機會，我接受了報社的邀請，為小學生的閱讀欄目撰寫「時事童話」。由此，我便開始了結合當下而創作有趣故事的旅程。你或許會問：「喲，那怎麼寫呢，難不難，韋婭你的寫作有技巧嗎，怎樣才能寫出好故事？」

　　我小時候喜歡看書，喜歡聽故事，也喜歡跳舞唱歌和畫畫。生活中每一天都有許多有趣的事兒，我看着，讀着，跳着，唱着，就將它們寫進了自己的小日記本裏。後來長大了，我便將自己靈光一閃的念頭，寫成了一篇篇作品。有的是散文，有的是小說，有的則是詩歌。你知道，我喜歡寫童詩，那是一個多麼純淨的世界！我常想，人是會長大的，但我們的心靈可以保留那些快樂的童真啊。讓我告訴你一個小秘密吧，我的今天的寫作靈感，全來自小時候就像你這麼大的時候的閱讀，我之所以不肯忘掉童年，是因為我愛自己的少兒時代，我愛小

朋友。兒時的閱讀給了我好多營養，我多希望它也能夠陪伴你一同成長！

　　瞧，你現在手裏拿着的，正是我新創作的七個小故事。它們不長，寫的既是你，又是我——因為它是我心靈世界的折射。你有沒有察覺所居住的這個社區有變化？（《來自西環的女孩》）你的書包重嗎？（《書包輕輕飛》）你若遇到說謊和欺騙人的勾當，會生氣嗎？（《冒牌醫生》）你怎麼看待別人幫自己完成功課或者自己幫人做功課這種現象呢？（《作文課的風波》）？你在環保方面有自己的看法嗎？（《環保，環保！》）我們每一個小朋友都想健康地成長（《肥肥小子》），對嗎——哦，那就看韋婭寫的這本書吧！

　　讓我與你一起想像，一起快樂吧！

——韋婭

仔細讀，認真想

　　小朋友，看完本書之後，你是否有許多的靈感從腦海裏跳出來呢？你心裏有什麼感想或收穫嗎？請結合下面的思考題，仔細想一想。

1. 你是否認為所有的舊房子都一定要全部拆掉呢？經過思考後，你會不會有所選擇，有自己的見解呢？

2. 故事中的晴晴，父親和母親有不同的信仰，你認為他們可以相處得很好，是什麼原因呢？

3. 你最近聽到類似「冒牌醫生」這樣荒唐的事情嗎？如果有，你怎樣看呢，你可以將它也寫成一則故事嗎？

4. 趙嘉飛由於一個花名而引起一系列的內心衝擊，如果你是他，你會有什麼樣的反應呢？是否也會採用同樣積極樂觀的態度和行動呢？

5. 家明把故事書裏的大白鯨與現實中擱淺的大白鯨聯繫起來了。你是不是也曾有過類似的體會呢？

6. 一堂作文課，帶出的卻是一個大是大非的問題，引起的是內心的深刻反思，你認同嗎？從中讓你體會出什麼道理呢？

7. 一個小小的環保話題，帶出了更多的思考：垃圾的處理，垃圾人的出現，一個人應該如何面對良知，面對公義，面對社會的動盪呢？你有什麼想法呢？

　　小朋友，我們可以從作品中學習作者的寫作技巧——包括如何使用成語、如何提高寫作技巧，這些都有助於提升你的寫作能力啊。快來看一看、學一學吧！

1. 使用成語

　　其實，人的命運與魚的命運，不也有相當接近的一面嗎？一些曾經叱吒風雲的人物，一些曾經如何不可一世的霸主好漢，站在死神的面前，他們不也同任何一個普通人一樣，赤條條來，空空手去？（《紅石門的大白鯨》）

　　賞讀：在這句話裏，「叱吒風雲」、「不可一世」都是成語。成語是一種固定用法，不可以隨便將它拆開來用，或者隨意改變它的結構。比如說，我們不能說「叱吒很大風雲」，也不能說「不可二世」。我們除了要明白成語的意思，更要懂得它的用法。

　　「叱吒風雲」中的「叱吒」，是一種怒喝聲，即：一聲呼喊、一聲怒喝，便能令風雲都翻騰起來，這種力量當然是很大的，是嗎？而「不可一世」，則是形容目空一切、狂妄自大到了極點的人。

　　你在學習這兩個成語時，有沒有聯想到什麼事呢，你可以自己造兩個句子試試看。

2. 句子賞讀

　　星期天的清晨，風和日麗。在約定的巴士站，小玫見到了等候已久的好朋友嘉儀。她差點沒認出對方，因為平時在學校大家穿的都是校服，現在忽然換了裝束，直叫人眼前一亮——嘉儀穿得清清爽爽的，淡藍色的裙式上衣，藍色緊身褲，深藍色花鞋，輕盈矯健，她跑了過來，就像一隻才飛出籠子的小鳥兒。　（《來自西環的女孩》）

　　賞讀：我們常在課堂上寫作文，怎麼樣來描寫人物呢？上面這段文字，將是一種描述人物的方法，它是將人物的外表與她的心理聯在一起，從而令人讀起來十分親切而自然，很容易被帶入角色中——這是一種可供參考的寫作技巧呢！

　　你看，嘉儀與小玫相約去西環，這兒是嘉儀曾居住多年的故地——當一個人故地重遊時，心情會格外開朗和興奮，加上平時大家見面都穿校服，現在忽然換了「新裝」，就為這份喜悅的心情增添了更多的色彩。

　　因此我們看到，作者先是用了「差點沒認出對方」來形容外表的變化，接着又用「直叫人眼前一亮」，來映襯彼此的心情——你看，這就是描寫外形時，加入主角內心感受的寫法。因而當段落的最後一句，形容那跑過來的女孩子嘉儀「就像一隻才飛出籠子的小鳥兒」，就會很自然地帶出了讀者的共鳴。